KB197029

흔적

흔적

김계희 시집

좋은땅

퍼즐 같은 삶의 조각을 맞추고
때로는 해진 삶의 옷을 깁다 보니
시가 되었습니다.

제가 지나온 삶의 흔적입니다.

이 부족한 글이
누군가에게 위안이 될 수 있다면
참 좋겠습니다.

2024년 가을
김 계 희

차례

1부

홀로 있다는 것은

2부

먼 그리움

3부

엄마의 가을

4부

작은 십자가

1부

홀로 있다는
것은

외나무다리

그 길을 걸어왔다
조심히

흔들리는 때도 있었지만
빠지진 않았다

혼자 힘으로 걷는 듯했지만
막다른 곳에선
비켜 주는 사람들이 있었다

때론
내가 물러날 때도 있었다

삶은
그렇게 외나무다리였다

내려놓음

오늘도
내 안의 나는

차곡차곡
내려놓는 연습을 한다

참는 것
기다리는 것
궁금함을 멈추는 것…

오늘도
내려놓는 연습을 한다

눈비

눈비가 내립니다
눈 같은 비가 지칠 줄 모르고 내립니다

먼 곳은 여전히 흰 눈인데
내 앞은 빗물입니다

어깨 위 내린 눈비 내 안에 빗물 되어
저 낮은 곳을 향하여 돈데보이* 따라 흐릅니다

노래 따라 흐르는 젖은 길에
평화 한 줌 묻어 두고
더 큰 사랑으로 덮어 봅니다

먼 훗날
아름다운 세상 살다 간다고 고백하고 싶습니다

---

* '어디로 가야 하나'라는 뜻의 스페인어 노래 제목

홀로 있다는 것은

홀로 있다는 것은
내 안의 나를 찾아 떠나는 길

옷을 차려입지 않고
화장하지 않고
머리 손질도 하지 않은 나를 찾아 길 떠나는 것

홀로 있다는 것은
슬픔이 어디쯤 웅크리고 있는지
연약함이 어떻게 자리하고 있는지
보이지 않는 따뜻한 온기가 구석구석 스며
나를 만지고 덮는 것을 체휼하는 길

홀로 있다는 것은
새롭게 배달되는 오늘이란 소포를
고요히 열고 누리는 것

꾸러미를 풀 때의 호기심과 설렘으로
내일이란 선물을 기대하는 것
그 다가올 가능성을 신뢰하는 것이다

절망

움직임이 절망은 아니었다

움직인다는 것
그것은 살아있음의 증거이니까

한 우주가
변명이란 거짓으로
빌딩 폭파 후 주저앉은 콘크리트처럼

그렇게 무너져 내렸을 때
그것이 절망이었다

그렇다
거기까지가
서툰 배우로서의 연기의 끝이었나보다

자신의 역을 어설프게 마무리한 것
미안하고 고맙다

낙엽비

나무는
잎을 보내야 할 때를 알고

나뭇잎은
자신을 떨구어야 할 때를 알아

마음을 비우고
낙엽비 되어 쏟아집니다

이 비를 맞으며
끝이 아닌 시작을 봅니다

고별이 아닌 만남을
죽음이 아닌 생명을 봅니다

낙엽이 흩날려 사라져도
슬프지 않은 까닭입니다

마음을 묻으며

가을이 낮게 내려앉은 정원에
마음을 묻고 왔습니다

면도날 피 흘린 상처도
모두 묻었습니다

이렇게 묻고 보니
내 허물이 있던 것도
돌아오는 길에 깨달았습니다

되돌아가
나의 허물과
용서를 구하는 마음도 함께 묻었습니다

까닭

상황은 희미해 잡을 수 없었지만
난 보았다
열린 가능성에 대한 희망을

그리고 느꼈다
무한한 자유에 대한 기대감을

조금은 슬프고
조금은 외로웠지만
내가 당당히 기쁜 마음으로 떠날 수 있던
까닭이었다

위기란
위험과 기회가 공존하는 중립지대

내가 비상하며
또 다른 세상을 맛보아 알 수 있는
까닭인 것이다

쑥

전엔 몰랐다
네가 이렇게 지천인 줄

눈길이
발길이 닿는 곳마다
내 손길을 갈망하는 네가 가득하다

네가 다 내게 허락된 것임을
전엔 몰랐다

자유함은
내가 누려도 되는 것과 나를 바라는 눈길
그 모두를 깨닫게 했다

나물 선물

취나물, 머위나물, 뽕잎나물

밝은 햇살 먹고
맑은 공기 마시며 자란 나물들

뜯고 다듬고 삶아
한 덩이씩 꾹꾹
그릇 안에 옹기종기

산속 맑고 푸른 마음이
오늘 내게로 왔다

어느 스승의 날에

작은 격려가 불씨 되고
한마디의 칭찬에 미소가 번져
눈맞춤이 시작되었다

조그만 정성으로 모두를 품었을 때
그 마음이 흘러

오가는 시간마다 틈나는 순간마다
입술 열어 화답했다

강단에 선다는 것은
그렇게 서로의 사랑을 타고 함께 배워 가는 것

마음 가득한 고백의 글들은
내게 온 세상을 안겨 주었고

부족한 내게
내일의 나침반도 함께 선물해 주었다

풀벌레에게

비 갠 이른 아침

풀벌레들 작은 목청
온 힘을 다해 쉼 없이 하루를 선포한다

밤새 폭우와 번개
그 작은 날개로 어떻게 지새우고
이 아침을 맞는 걸까

쉬어 가는 새들
풀벌레에게 말을 건넨다

잠시 멈추라고
쉬어 가도 괜찮다고

비 갠 상쾌한 아침
너도 누리라고

존재

살아 있다는 것
존재란 이토록 처절한 것인가

한 달을 살다 간다는 매미는
그칠 줄 모르고 온몸으로 자신을 알리고 있다

우리네 삶이 영원한 듯
그런 매미를 딱해하지만

우리는 어떠한가
강건해도 몇십 년의 짧은 목숨

하늘에도 땅에도 눈길 한번 주지 못한 채
지칠 줄 모르고 그저 앞으로만 달려간다

이러다 부름 받는 날
슬픈 육신의 한계를 내려놓고
우리는 무엇을 생각할까

행복

수술 후

그동안 흘러갔던 마음들이
내게로 흘러옵니다

문자로 안부를 묻고
전화로 염려해 주고
심지어 먼 길 찾아와 위로를 건넵니다

쓰레기를 버려 주고
음식을 나누고
책을 보내 주고

사랑하는 것도 행복하지만
사랑받는 것
참 좋다는 것을 깨닫습니다

사랑받고 있다는 확신
가장 큰 행복입니다

흔적

일찍 눈을 떴다
핀 제거 수술하러 떠나는 날

언제나 내게 진실했던
아침 일출을 바라보며

나약한 나와 세상에 긍휼을 구했다

마지막 날인 것처럼
아침햇살에 투명해진 거실의 먼지를 닦고

아픔을 감수하니
뼈가 회전되어 제자릴 찾게 됨에 감사하다

치유는 되어도 상처의 흔적은 남아
나의 결단을 칭찬해 주고

한때 제자릴 찾지 못했던 내 모습을
일깨울 것이다

궁금

교체한 앞 베란다 통유리창 너머
푸르름이 가득하다

습기로 희미했던 세상이
무엇으로도 살 수 없는 풍경으로
오늘 내게 왔다

지금은 모든 것이 희미하지만
그날엔 모든 것이 투명하게 맑을 천국처럼

오래전 떠난 사랑했던 이들은
그곳에선 어떤 모습일까

그때 그 모습일까
헤어진 지 너무 오래되어 날 알아볼까

내 이름은 기억할까
날 보면 뭐라 말할까

궁금하다

존재했던 것들

서해안 바닷가
썰물이 지나간 모래 위
한때 존재했던 조개와 소라

생명은 사라졌어도
껍질은 남아 발길을 멈추게 했다

한때 존재했던 내가
후에 기억되고픈 건

만질 수도 볼 수도 없지만
영원히 느낄 수 있는

사랑뿐

귀여운 여인

플루트를 배울 때는
플루트 선생님이 제일인 줄 알았습니다

플라멩코를 접하면서
플라멩코 선생님에게 최고로 감탄했습니다

글을 써 보겠다 다짐하면서는
글 선생님을 가장 우러러보게 되었습니다

그녀는
아무리 생각해도
귀여운 여인입니다

나에게

나는 너를 사랑한다

길모퉁이 작은 풀꽃에 감탄하고
따뜻한 눈길을 주는 너를

다채색 사랑 위에
물빛 사랑으로 함께 흐르는
너를 사랑한다

슬플 땐 가장 슬픈 표정으로
기쁠 땐 가장 기쁜 표정으로
울고 웃는 그런 너를 사랑한다

고통과 아픔조차 수채화로 그려 보는
너의 그 긍정과 소망을 나는 사랑한다

삶은 옳고 그름의 문제 아니라 덕의 문제임을
가슴에 품고 사는 너를 사랑한다

때로는 바보처럼 살아가지만
너의 그 빈 구석도 나는 몹시 사랑한다

오늘 하루도 생애 가장 특별한 날로
삶과 사람을 사랑하길 기도하는 너를
나는 사랑한다

이렇게 너를 사랑하는 나
그런 나를 나는 사랑한다

2부

먼 그리움

소년과 소녀

그 애와 난

들길을 함께 걷고
하늘의 별을 함께 보고

세상에 하나밖에 없는 우리만의 이야기
우리 둘이서만 보는 풍경

이름을 부를 때마다
꽃이 피어나고

그 꽃을
들꽃과 엮어

머리에 화관을 씌워 주었다

순수

거짓이 아닙니다
익숙지 않아서 그렇습니다

행동이 서툴고
표현이 서툴러도

많이 해 보지 않아 그렇습니다

서툴지만
맑고 깨끗합니다

순수

그래서 참 좋습니다

제비꽃

그 작은 꽃잎
온몸으로 안으며

함초롬 고개 숙인
보랏빛 요정

낮은 풀섶 속
흐드러진 아가야

혹시 밟을까
조심스레 물러나

먼발치서
너를 본다

먼 그리움

창가에 풍경 하나 달았습니다

몸짓 하나
표정 하나
말투 하나하나
목소리도 함께 달았습니다

더 많이 바라봄이 부끄럽지 않기를
더 오래 걸어둠이 초라하지 않기를

소리 없이 날리는 하얀 눈 위에
그리운 풍경 하나 올려 봅니다

그대를 생각하면

그대를 생각하면
이슬이 맺힙니다

맺힌 이슬
내 안의 나를 적시고
이내 강물 되어 흘러갑니다

흐르다 문득
생의 저 너머 피안을 꿈꾸는
더 많이 흐를 그대를 보게 됩니다

더 많이 흐를 그대를

안개비

떨어지면 아픔 될까
차마 빗물 되지 못하고

형체 없는 고요로
메마른 대지를 품는다

대기가 젖어 들고
풀잎이 고개를 들고
새들도 깃털을 퍼덕인다

강렬한 태양
천둥 치는 소낙비조차
그 내강한 부드러움에 힘없이 무너져

험한 세상도 순전한 평온에 굴복한다

가을빛 사랑

가을빛이 눈부신 날입니다

살아 있는 생명이
저마다 물들고

내 마음도 가을에 젖어
여행을 떠납니다

어디선가 다가오고 있을
내 빛깔에 어우러질 가을빛 사랑

그대도 출발하였나요

혼자 너무 지치지 않도록
저도 한 걸음씩 나아갈게요

다가오고 있을 그대 향하여

겨울 초대

겨울 숲은 밤새
한 아름 받아 안은 하늘꽃으로
축제의 선물을 준비했군요

아침햇살은
어둠의 두터운 장막 헤치고 달려 나와
눈부신 빛을 풀어 놓았고요

나무에 내려앉아 반짝이는 서리들
어젯밤 저 먼 별들이
축제 가득한 우리별로 내려왔나 봐요

겨울 초대 받은 특별한 날
온갖 상념 사라지고
내 영혼 하얗게 물들어 갑니다

첫눈이 오면

첫눈이 오면
우리 만나자

하던 일 내려놓고
목도리 두르고
그곳으로 가자

첫 떨림 있던 곳

첫눈 오는 그날에
허물이 덮어지고
아픔이 치유될 그곳

하얀 마음 품고
그곳에서
우리 만나자

기적 I

삶은
만남으로 이어지는 기적입니다

알아 가고 이해하며
존귀하게 여기게 되었습니다

보지 않고도
깊어 가는 이 믿음

라일락 향기 속에서
슬퍼도 행복을 배우는 것

메마른 선인장 화분에서도
우산처럼 사랑초가 자라나는 것

풀 한 포기, 바람 한 점에도
그 임재를 느낄 수 있나니

삶은
만남으로 이어지는 기적입니다

재회

벚꽃 흐드러진 어느 봄날
대학 캠퍼스 꽃송이 하늘 아래
보물 찾듯 가려낸 행운의 네 잎 풀잎

기쁨도 잠시뿐

널 볼 수 없었던 세월의 강을 지나
어느 책갈피 속, 너는 그간
추위 환한 겨울 하늘 밑 떨고 있다는
시인을 보듬고 있었구나

오랫동안 너를 찾았었는데…

함께 못한 헤아릴 수 없는 계절들
정갈한 네 모습

다시 만난 떨림으로
이제 어설픈 나의 글들을 위무해 주렴

더 이상 널 묻어 두지 않겠다

저금

오래전 당신은 제게
따뜻한 온기를 한 줌 나누었습니다

세월 속에 잊은 듯했지만
그 한 줌 어느덧 내 안에 가득하네요

이제는 제가
그 온기 조금씩 꺼내어 당신께 드립니다

제 것이 아니에요

그러니
미안해하지 말고
갚으려 하지 말고

흘러가는 것
그냥 누리세요
당신이 뿌린 온기니까요

꽃이 잎을 만나고

오래전 분가할 때
엄마가 주신 작은 행운목 하나

화초를 키우는 데 재능이 없지만
잘 자라 거실 한 켠에서 늘 나와 함께 했다

족히 십 년은 넘어야 꽃을 피운다는 행운목

어느 날
꽃망울 송송 맺힌 꽃대가 홀연히 내게 왔다

꽃망울이 열리던 밤
순결의 고요 속 작은 술 하나하나 벌어지고
그 깊은 향기 세포마다 내뿜었다

십여 년을 훌쩍 넘긴 하얀 기다림
하루를 천 년처럼 모두 쏟아 내며 그리던 잎을 만났다

기적처럼 내게 찾아온 선물

먼 훗날 다시 피어나
날 찾아올지 모를 그날을
난 하루 같이 기다릴 것이다

마중물

깜깜한 나락
온몸으로 부서진다

아픔도
두려움도 내던진 채

믿음으로
추락하는 마중물이여!

포옹 속
환희의 역류

온 대지
흘러가는 생명이어라

피에타처럼

자비를 베푸소서

모든 어머니의 마음으로
이 세상을 품고 있는 피에타

지고한
초월적 사랑

사랑보다 더 큰 긍휼이
오늘도 고요히 흘러갑니다

반찬

반찬 재료를 샀습니다

깨끗하게 다듬고
맑은 물로 씻고

할 수 있는 것은 경험을 되살리며
할 수 없는 것은 인터넷을 검색하며

온 맘 다해 만듭니다

이 반찬 먹고 건강해지겠지
이 반찬 먹고 힘내겠지

행복감이 밀물처럼 밀려옵니다

부탁

이젠
너무 애쓰지 않아도 돼

그동안 힘껏 살아 낸 너
친절하게 품어 주렴

네게 오롯이 집중하는 너
하늘 아버지가 많이 기뻐하실 거야

친구

햇볕이 너무도 강렬하고
무더위가 백 년도 넘어 다시 찾아온 날

내 친구는
허리를 다쳐 농사일이 어렵다는 친구를 찾아
이른 아침 먼 길을 떠났다

어릴 적 친구
오랜 세월 함께 한 순수가 퇴적되어
무너지지 않을 믿음으로 견고하다

친구를 향한 그 따뜻함
오늘 무자비한 폭염도 녹일 것이다

난 참 부요한 사람이다
이 선한 친구가 내게 있음에

헤어진다는 것

예전에
헤어짐은 슬픈 이별인 줄 알았습니다

그런데 어느 날
만나기 위해 헤어질 수 있음을 깨달았습니다

그리하여 지금
이전의 환희와 고뇌를 떠올리며

아팠지만 행복했던 추억이
평생 살아갈 힘이 되는 것을 또 깨닫습니다

언젠가의 충만한 만남을 위하여
오늘도 마음을 다잡고
헤어지는 연습을 해 봅니다

그리고 응원합니다
잘하고 있다고
힘내라고
잘 견디고 있다고

어떻게 밟겠니?

겨우내 찬바람 온몸으로 이겨 내고
언 땅속에서도 살아 내기 위해 애쓴 너를
어떻게 밟겠니?

봄 온기 받으며 싹을 틔우고
벚꽃 봉오리 피우려
나무는 힘내서 일했겠지

짧은 시간 이 땅을 환히 밝히고
이제 한 잎 한 잎 흰 눈으로 흩날려
고요히 길목을 수놓았구나

내가 어떻게 밟겠니?
그렇게 힘겹게 꽃으로 피어난 너를

남편 찬사

4인 병실 안
칠팔십 대 할머니 세 분

한 할머니가
아들, 딸, 며느리 다 소용없다고

와도 뒷짐만 지다 간다고
그래서 오지 말랬다고

늙었어도 남편밖에 없다고
옆의 할머니들 맞장구친다

무뚝뚝한 경상도 남편 할아버지
세월의 흔적 위로 미소가 번지고

서로 눈을 마주친 나와 여동생
말없이 그냥 웃었다

3부

엄마의 가을

입영하는 아들 희라에게

국군은 아저씨인 줄만 알았다
그런데 아들아, 내일이면 네가 입영하는구나

늘 밝고 건강하고 씩씩했던 희라
인터넷, 지하상가 옷을 걸쳐도 멋있는 아들

엄마를 힘들게 하면서도
주일 이른 아침 어린이 영어예배 봉사를 하고
자잘한 엄마의 부탁에 결국은 하겠노라고 일어서던 아들

대학에 가면 여자 친구가 저절로 생기는 줄 알았다며
친구처럼 엄마를 조언하던 아들

속옷 바람에 엉덩이를 실룩거리며 발뒤꿈치를 들고 거실을 오가던 네 모습을
오랫동안 못 볼 것 같다

학교 가는 길에도 현관문 쪽으로 엄마 얼굴이 비치길 기대하며
눈을 맞추길 원했던 아들

넌 유난히 축구를 좋아했었지
목욕 후 상쾌한 바람을 맞으며 뛸 때의 그 기분을 엄마가 아느냐며
골 잘 넣게 기도해 달라고 엄마에게 부탁하던 아들

생명을 사랑하며 사람을 긍휼히 여길 줄 알던 착한 아들

생애 첫 힘든 훈련
이 땅 젊은이의 통과의례를 거친 후

믿음이 세워지고 삶의 비전을 가슴에 품고
더욱 성숙하고, 더욱 믿음직한 아들로 재회하길 엄만 고대한다

사랑한다, 희라야!

파병 간 아들 희라에게

코발트빛 베레모 멋지게 눌러쓰고
유엔 평화유지군으로 조국을 대표한 아들

돈 주고도 살 수 없는 경험이라고
어학연수보다 더 큰 경력이 될 거라고
엄마를 설득하던 너

많이 성숙해진 너를 보며
이제는 멀리서 지켜보기로 했다

백향목이 자라나고
하늘빛이 아름답다는 레바논

무너진 그 땅의 재건을 위해
평화와 안식의 세상을 위해
눈부신 청춘 쏟아부을 아들아

까만 밤 올리는 기도 속에서
널 만나길 고대한다

천안함 속 아들에게

용서를 구한다
분단의 아픔으로
어린 청춘 무자비하게 가두어 버린 것을

용서해다오
여전히 두 동강 난 이 작은 땅
한 몸 이루지 못한 못난 어른들을

용서를 구하고 또 구한다
폭풍우 치는 검은 바다
허울만 멀쩡한 군함에 알몸으로 널 넣어 보낸 것을

차디찬 어둠 속, 오래오래 떨었을 아들아
만지기도 바라보기도 아까운 우리의 아들아
이제 무거운 육신의 옷을 훌훌 벗고

햇살만큼이나 해맑은 웃음으로 떠올라
추위 없는 그곳, 훈련 없는 그곳에서
이 어리석은 땅을 용서해 주렴

꿈이 물 되어

새벽이 힘겹게 창으로 오면
지친 몸을 말없이 추스르며
까칠한 밥을 뜨고 문을 나섰다

야위어 가는 두 볼과
처진 어깨에 실려진 무게

돌아온 늦은 밤
조금이라도 더 재우려
하고픈 말들을 속으로 삭이며
그렇게 아들을 바라만 보았다

미치지 못한 결과…
꼬옥 안고 흘렸던 눈물

우리가 신뢰하는 하나님께서
가장 좋은 것으로 주시리라 고백하고
우린 함께 여행을 떠났다

아들과의 꿈같은 시간이
먼 땅에서 흐르고

우리도 내려놓은 삶의 조각을
그분은 끊임없이 작업하고 계셨다

영광의 소식!

소외되고 외로운 영혼을 위해
아프고 상처받은 이 땅을 위해
물처럼 낮아져 흘러가거라

평안

고요한 연푸른 하늘이 있는 오후

들리는 것은
화초 잎의 작은 흔들림

아이가 제 방에서 오답 노트를 정리하며
사각사각 종이 자르는 소리

가끔 콧노래와 감탄의 소리도
새어 나온다

둘이 먹을 만큼 올려놓은
군고구마 냄새가 무르익는 거실

탁자 위 성경과 시집
영혼의 휴식도 함께 하는 이 시간

참으로 평안하다

토끼풀꽃

어릴 적
동생과 토끼풀밭에서 놀았습니다

동그랗게 피어난 하얀 토끼풀꽃
한 움큼 뜯어

꽃반지를 만들어
손가락에 끼우고

꽃목걸이 만들어
목에 걸고

그 꽃 두 개 엮어
시계도 만들었습니다

세상을 다 얻은 듯
신났던 귀갓길

되돌아가고픈 어릴 적
그 마음 그립습니다

엄마는 보물창고

엄마는 보물창고

찹쌀 닷 되
당근 두 개
된장, 집장 한 사발
고구마 한 소쿠리

김장김치 두 통에다
똥 뺀 멸치 한 움큼
넓적하게 펼쳐진 다진 마늘 두 장을
출근하는 딸 위해 바리바리 싸 주신다

이사 온 보물들로
차고 넘친 냉장고

오늘도 저녁 식탁엔
엄마 내음이 가득하다

엄마의 가을

엄마의 지팡이
나를 설 수 있게 하였고

엄마의 굽은 등
내가 가슴 펴고 살게 하였고

땅만 보고 걷는 엄마의 숙인 고개
내가 하늘을 바라보며 살 수 있게 하였습니다

친정집을 나서며

얼굴만 보여도
내 모습이 선물 되어
기쁨을 감추지 못하십니다

딸에 대한 믿음과 사랑
그 위에 가슴 저림까지

올갱이국, 취나물
지난번 사다 드린 실치를 볶은
저녁 식탁이 정겹습니다

떠나기 전
엄마는 참외를 몇 개 챙겨 주시고
아버지는 제가 좋아하는 포도도 있다며
더 먹고 가라고 저를 붙드십니다

가야 하기에 문을 나서면
차창 너머 어느새
날 지켜보시는 아버지의 흐린 모습이
뒤 베란다 한 켠에 아련합니다

한없이 품어 주시는 부모님이
제겐 참으로 큰 행복입니다

살아 계신 부모님을 생각하며

어머니 아버지 살아 계셔서 고맙습니다

목소리 그리울 때
눈길이 보고플 때
언제나 그 자리에 계신 분
말하지 않아도 그냥 딸을 다 아시는 분

사랑하는 딸 우리 계희가 있어 엄만 행복하단다
병원에서도 딸에게 고백 문자를 보내시던 어머니
저는 아직도 그 문자를 지우지 못하고 있답니다

딸 덕분에 가는 곳마다 대우받는다며 기뻐하시던 아버지
당신은 아버지 이상으로 저를 품으셨습니다

날마다 자식 사랑에 두 눈 멀어 가시는 분
그 사랑 내 자식에 흘려 보려 애쓰지만
서툰 흉내에 초라함을 느낍니다

당신이 독려하신 배움의 길에서
그 옛날 나의 선조 가르치며 섬겼듯이
오늘도 저는 이렇게 금홍골에서 행복합니다

이번 주엔 두 분을
더 많이 바라보고 더 오래 안고 싶습니다
그리고 고백하고 싶습니다

사랑해요 어머니 아버지
감사해요 이 땅에 계셔 주셔서

뿌리공원에서

살갗을 스치는 바람에 마음 시리고
붉게 물든 나뭇잎에 가슴 저린 오후

엄마와 함께 찾아간 뿌리공원
아버지도 천국에서 우리의 발걸음을 내려다보고 계시겠죠

내 뿌리의 유래를 찾아본 조각상 뒷면
후견이라는 글자 밑에

예상치 못한
아버지 성함

성 김(金)
얼굴 용(容)
높을 숭(嵩)

한자로 새겨진 세 글자를 발견하곤
천국에 계신 아버지를 만난 듯 그 글자를 어루만졌습니다

늘 다정한 미소
따뜻한 목소리
두 팔을 벌려 딸을 품으셨던

살아 계셨던 사랑

첫 주기를 맞아 아버지가 그리워 눈물 납니다

오순도순

휘어져 무력했던 무지외반증 엄지발가락

발바닥은 자신이 엄지인 양
제 역할 감당하려 애쓰다가 굳은살이 배겼고

비뚤어진 엄지가 둘째 발가락을 밀어
어쩔 수 없이 둘째는
엄지와 셋째 위로 봉긋 솟았었다

엄지에 실금 내어
밀고 회전시킨 수술

비뚤어졌던 엄지가 반듯해졌고
둘째도 힘줄을 늘리니
이젠 엄지와 셋째 사이에 다소곳이 내려앉았다

오순도순 저마다 제 위치
사이좋게 참 편안하다

하늘 풍선

고운 빛깔 풍선
다섯 살 어린 손안 가장 귀한 전부

꼭 잡은 풍선 끈
놓아 버렸습니다

놓쳤구나
안타까운 할아버지

하늘나라 엄마에게 줄 거예요

볼 수 없고
만질 수 없는 엄마 보고 싶어

하늘에 닿을 소망 담아
아이는 아낌없이 날려 보냈습니다

엄마
이 풍선 가져

유언의 글을 쓰다

부르심에 응할 날
그 날과 때를 알 수 없어
사랑하는 두 아들에게 유언의 글을 남겼다

이 세상에 아무것도 없이
빈 몸으로 왔건만
내게 있는 것이 너무 많았다

가장 단순하고
가장 완벽하고
가장 아름답다는 삶의 무늬* 위에
내게는 어떤 무늬의 복잡성이 더해졌을까

살아오면서 감사하고 행복했던 일
부탁하고 싶은 말
천국에서 재회를 꿈꾸는 소망도 담았다

글을 마무리하고 보니
오늘부터 덤으로 사는 삶인 것 같아
매 순간 새롭고 스치는 생명마다 사랑스럽다

---

* 서머셋 모음의 『인간의 굴레』에서 빌려 온 표현임

4부

작은 십자가

장식 선물을 바라보면서

화초와 새장이 함께 달린 장식을 선물 받았습니다. 실내 정원을 배경으로 식탁 옆자리, 이전엔 다른 장식이 있었는데 이를 부러워하는 분께 선물했더니 새로운 선물이 흘러왔습니다.

동그랗게 생긴 하얀 새장 안, 작은 둥지 속 새끼를 지켜보는 파랑새 한 마리는 어미인 듯합니다. 아빠 새는 새장 밖, 화초로 연결된 작은 숲속에서 먹이를 찾고 있는 참으로 평안한 풍경입니다.

이 새장에 더욱 감동한 것은 옆으로 난 새장 문이 열려 있는 것이었습니다. 이 장식을 만든 이의 자유와 생명에 대한 경외심이 얼마나 아름다운지요.

이는 생명처럼 허락하신 내 안의 자유함이 선한 양심과 진리 안에서 순결하고도 온전한 것인지 자꾸만 자신을 살펴보게 합니다.

열린 새장처럼 자유의지로 매일을 살아가지만
당신의 빛에 드러난 내 안의 먼지와 티끌들은
오늘도 날 무릎 꿇게 합니다.

이 슬픈 삶의 편린을 당신께 올려 드립니다.

청소

청소를 했습니다

먼지를 닦고
떨어진 화초 잎을 쓸어 담고
안개에 젖은 아침 공기도 맞았습니다

유리창도 닦았습니다
거실, 부엌, 현관, 목욕탕, 모든 유리를
닿지 않는 곳은 의자를 놓아 가며 닦았습니다

그런데 앞 베란다 통유리창은 안쪽만 닦았습니다
의자로도, 손을 뻗어도
바깥쪽은 닦을 수 없었습니다

아담과 이브 이래 허락하신 자유의지로도
어쩔 수 없었습니다

이제 나의 자유의지를 다시 추스르어
감히 그 몫을 당신께 드리려 합니다
나를 지으신 당신께

행복한 슬픔

한겨울 추위에 죽은 것 같았지만
혹시 살아날까 싶어 버리지 못한 영산홍

메마른 가지에 하나둘 푸른 잎 돋더니
오늘 아침
한 송이 꽃으로 피어났구나

상한 갈대를 꺾지 않으시고
꺼져 가는 심지도 끄지 아니하시는 하나님

나의 눈물과 아픔, 슬픈 행복도
합력하여 선을 이루실 그 하나님을
저는 이 아침 다시 신뢰합니다

작은 십자가

주님
조금은 당신 닮은 삶을 산 듯합니다

덩그런 무대 위
소외된 무리를 위하여
작은 십자가를 진 듯합니다

처절하고 외로운 십자가 고난 뒤
영광의 부활로 임하셨던 주님
제가 그 주님을 잠시 따라간 듯합니다

지으심을 받기 이전부터 예비해 놓으신
쉼과 일이 조화를 이룬 곳
그곳이 열려 감을 지금 보고 있습니다
주님 감사합니다

그런데 부탁이 있습니다
제 작은 십자가를 돌아보시고
무대에 남은 자들의 슬픔을
호흡 있으나 무기력한 그들을 기억해 주소서

벚꽃

하늘의 꽃다발을
품에 안을 수 없을 만큼

눈에 다 담을 수 없을 만큼
받았습니다

새하얀 부활의 예복
눈부신 순결의 환희

카이로스* 때를 구하며
기도드릴 때

평안하라
평안하라
평안하라

세 번 말씀하셨습니다

---

* 그리스어로 하나님의 시간을 말하며, 양적인 시간을 뜻하는 크로노스와 대비되는 질적인 시간을 의미함

부요함

주님
참 신기합니다

전 부자가 아닌데요
걱정이 없습니다

얼마나 부요한지요
제 소유가 작음에도

부모님, 동생들, 자선 강의도 생각하게 되었고
아들과 멋진 여행도 계획하게 되었어요

저는 이렇게 부족한데도
저를 통로로 사용하시는 당신

그래서 오늘도
저는 든든합니다

인도

나타내어 보여 주시고 확증시켜 주셔도
미련한 제 마음은 그저 서성이기만 했습니다

정한 맘 무너지고 또 무너졌지만
이 밤 마음을 시원케하는 평안이 가득합니다

더는 소진되지 않도록
지금의 이 모습 훼손되지 않도록

고귀한 그 날을 위해 간직하겠습니다

내일은
새 하늘과 새 땅이 제게 열리고

제게 주실 존귀한 선물
내일의 태양을 마음껏 받겠습니다

당신이셨습니다

마음 어렵고 답답해 갈 길 모를 때
지혜로 상황을 만드시고
능력으로 행하시어 확증시키신 분
당신이셨군요

거짓과 위선, 그 당당하던 변명들이
진실 앞에서 얼마나 무력하게 무너지는지
보여 주신 분
당신이셨군요

당신이 저를 용서하신 것처럼
저도 용서하도록 사랑으로 제 마음을 만지신 분
당신이셨습니다

말과 혀로만 사랑하시 않고
행함과 진실함으로 사랑하는 것의 소중함을
체험케 하신 분
당신이셨습니다

하나님 앞에서 저도 큰 죄인임을
죄인이 죄인을 정죄할 수 없음을
깨닫게 하신 분
당신이셨습니다

오히려
측은히 여기는 마음으로 기도하도록
평안을 주신 분
바로 당신이셨습니다

늘 한결같이

선물 가득 안은 소녀처럼
기뻐 환호할 때
당신은 그런 저를 잔잔히 바라보십니다

침대 한 켠
무릎 꿇고 참회하는 기도 속에서
당신은 외면치 않고 그런 저를 어루만지십니다

이 세상에 혼자인 듯
주체할 수 없는 눈물이 솟아오를 때
영원히 변치 않는 사랑의 약속으로 위로하십니다

이 낮고 작은 자를
부르신 자리에서 사용하심에 감사드릴 때
더 높이 세우시고
더 큰 축복으로 지경을 넓히시는 분

오늘도
그런 당신께서 제 앞날의 백지 위에
밑그림을 그리시는군요

바탕이 드러나는 맑은 수채화 되려
당신의 채색을 고요히 기다립니다

신뢰

하얀 눈이 눈부시게 세상을 덮은 날
아들을 하나님께 올려 드리는 심정으로
기도원 산길을 올랐습니다

아브라함이 이삭을 데리고 올랐던
모리아 산 같은 언덕을

오르는 길에 눈물이 흘렀습니다

저도 아들을 하나님 손에 맡겨 드린다고
어떠한 상황에서도 신실하신 하나님을
지속적으로 신뢰한다고 고백했습니다

그 마음을 그 믿음을
하나님께서 받으셨나 봅니다

그날 저녁 무렵
신뢰에 대한 눈부신 선물이 전해졌으니까요

기적 II

이천 년 전
사도 바울이 피 흘린 그 땅을 밟으며

이천 년 후
예수님의 십자가, 부활, 구원자 되심
이 사실을 믿음이 기적이고

창조의 목적을 이루시려
삶 가운데서 일하시는 하나님을
오늘도 경험하며 사는 것이 기적입니다

매일 매일
순간순간이 제겐 기적입니다

초판 1쇄 발행 2025년 1월 20일

지은이 김계희
펴낸이 이기봉
편집 좋은땅 편집팀
펴낸곳 도서출판 좋은땅
주소 서울특별시 마포구 양화로12길 26 지월드빌딩 (서교동 395-7)
전화 02)374-8616~7
팩스 02)374-8614
이메일 gworldbook@naver.com
홈페이지 www.g-world.co.kr

ISBN 979-11-388-3804-7 (03810)

• 가격은 뒤표지에 있습니다.

• 파본은 구입하신 서점에서 교환해 드립니다.